歌集

清浄歓喜

しやうじやうくわんぎ

高田マヤ

本阿弥書店

清浄歓喜　目次

装幀　花山周子

歌集

清浄歓喜

髙田マヤ

御灯明のなか

うす色に染まる天地に合歓開きこの静けさを涅槃と言はむ

菜の花の明るさが欲しおどおどとわが少女期は透きてゆくのみ

身を乗り出す燕の雛を見上げつつ始祖鳥の化石ふと過《よぎ》りたり

時鳥さやかに啼きしひと声のいづ方なるや静もる夕べ

鮮やかなる衣装の倭建命《やまとたけるのみこと》舁《か》き山笠《やま》走る歓声のなか

締め込みの男たち勢《きほ》ひ水浴びて龍の昇き山笠駆くる払暁

七歳の動物園に描きし絵の眼差しやさし馬の目穏し

高熱にはつか痩せたる幼な子は飼ひたるカブトムシ掌に載す

「寅さんの映画でよく見るあれは何」公衆電話をしらぬ子らなり

独り生まれ独り死にゆく寂しさを分かたず添へず母を思へり

たまゆらの生と思へば安からむ夕蟬の頻り鳴く頃を待つ

視界占むるお濠は浄き睡蓮の欣求浄土のすがたなりけり

輪袈裟僧衣の晨朝勤行額づきぬ京の西山声明《しやうみやう》ひびく

剃髪の望み叶ひし得度式夕べの御影堂御灯明のなか

大瑠璃の声

咲き香る檸檬の花も霞みつつ朧月夜はもの思ふなり

三年ぶりの博多どんたくパレードに明治通りは活気あふるる

博多古謡「しょうさいさんの思ひつき」艶やかに踊る芸妓の紅濃き

明治期の正月料理の指南書に「鶴の吸ひ物」とふもありとぞ

大瑠璃の声澄み透りピーリーリーリーコバルトブルーが峡渡りゆく

ラベンダーのランドセル負ひ正門にポーズとる子に躑躅が燃ゆる

娘はわれの背《せな》に手を当て「お母さん小さくなつたね」ぽつりと言へり

初夏《はつなつ》の空謳歌せよ幾万の鳥羽ばたきぬ位置を保ちて

離婚とふ言葉幼く聞き留めき庭のコスモス揺れてゐたりき

れんげ畑に蜜吸ふ蜂を眺めゐつ満たされき遠き少女の心

若き日は母を疎みし我なりき家付き娘たりし母にて

雲の影ゆく

あごだしの博多雑煮の冬菜はも味、香りよきかつを菜ぞこれ

うからの集ひて呑める元日の清酒は「一」なり紀の国の酒

三歳の口中のぞき大騒ぎ虫歯発見とママ、パパ、ねえねえ

神苑の赤、桃色の冬牡丹藁の帽子に雲の影ゆく

木の玩具並ぶ小さき店の前　木馬温もる冬の日溜り

家持も西行も鳥を詠みしかど雲雀・鴫など煮焼き食せり

玻璃窓の炎ゆる夕映えに見惚れをり夕闇迫るまでの華やぎ

川土手に青みたる草残りをり冬の日淡く川細く流る

その背《せな》に冬日受けつつ鴨の群れ浮きて水面に羽繕ひせり

洗ひ髪冷えたる夜半に思ひをり義母の髪母の髪洗ひし日々を

矢車草

六歳のうたふ「ののさま」やさしかり笑みあふれたる彼岸中日

檸檬木の刺に早贄《はやにへ》カナヘビの尾がたよりなく風に揺るるも

南天に降りてくれなゐの実を濡らすしぐれいつしか霙だちけり

突《とつ》として高橋《たかはし》 連《のむらじ》 虫麻呂《むしまろ》とふ名浮かびひと日脳《なづき》を占めぬ

十三夜の夕月仰ぐたまゆらを眼裏に留めたる桜さくら

青空に伸びやかに開く矢車草目覚むる碧のまかがやく海

あぢさゐの歌二首のみの万葉集さびしかりけむ紫陽花満てり

祭り囃子の稽古らし笛と鼓の音夾竹桃の木の間より漏れ来

庭土の落蟬ふたつ月影に包まれてゆく静けさにをり

白きわたつみ

公園にわが手ふれゐる欅木の高みの梢の若葉明るし

のびやかに孔雀は羽をひろげたり青緑色に照りつつ静止す

七歳のをみなご『絵本伝記』読み「式部」「晶子」を問うてくるなり

郵便受けにくつきり記されし母の名よ空き家然たる故郷の家は

髪を結ひ着物姿に笑まふ子は入学記念に〈スタジオアリス〉

歩道橋を渡れば視野を覆ふがに積乱雲の白きわたつみ

生魚与ふる人は岸に立ち呑みたる鷺の喉動く見ゆ

母の命の迫りしことを告ぐる電話久しく疎遠となりし妹へ

慈雨のごとくに

見上ぐれば一斉に合歓の花咲けり梅雨明けし日をゆらぎやまざり

蓬々たる空地の奥の公園に遊べる子らの顔のみ行き来す

病みゐしも笑みやはらかき追憶の祖母の称名の声を忘れず

わがうたふ暮らしの中の正信偈慈雨のごとくに身にしむものを

「居間の時計止まつてる」と言ふ六歳に「夜が来んよ」と三歳が言ふ

ぎつくり腰擦りてしばし微睡めばひたすら秋の夕陽恋ほしむ

秋草の花咲きし夕べ何時までか仰ぎて待たむわれの月読み

現し身に琴の遠音のしみじみと流れ来たりぬこの夕まぐれ

虫の音のしみる狭庭のひそけさや故郷も長き夜となるべし

花の巡礼

蜉蝣《かげろふ》の孵化せし刹那飛翔せよ残りの時間守らむがため

山茱萸《さんしゆゆ》も連翹も黄に咲く庭にかなめの若葉赤く華やぐ

花冷えの夕べの紅茶に蜂蜜とブランデー垂らし星を仰ぎぬ

もう何も見たくないのだ母の目は瞼閉ぢしまま幼となりぬ

呼び掛けにも目を瞑りたまふ母なれば記憶の中のわれは淡雪

雨後の山清やかなりし稜線に刷きたるごとく霧残りをり

会へぬ日を娘が送りくれし〈まごチャンネル〉巣籠りの日々も少しく潤ふ

砂利の上《へ》に落ちたる沙羅の美しく咲き散る度の花の巡礼

鬼火焚き

更けゆくを忘るるごとくわが部屋に見つむるのみの待宵の月

海底のやうなる深夜の病院に母は苦しき息を吐《つ》きをり

入院の手続きを終ふ午前三時夫と星空仰ぎつつ帰る

一年に四たび入院せし母の認知症幸ひと思ふことあり

ビル街の硝子に映る銀杏黄葉かなしみ透きてほの明るめり

「喉仏を探すの大変でした」百二歳の叔母の喉仏

穏やかな面差しの遺影十九世坊守念仏に生き来し一生《ひとよ》

かくれんぼすれば五歳はいつも鬼「みつかったときわたしこはいの」

明けやらぬ空に鬼火はパチパチと燠持ち帰りし朝《あした》ありけり

持ち帰りし燠で餅焼き食ふ習ひ里は滅びし静けさならむ

くれなゐふかく

手を合はせみ名を称ふるこの夜明け念仏の道に生かさるるなり

湧き出づる霧はとけ合ひ山肌を峰に向かひて這ひのぼりゆく

冬星の雫をうけて含《ふふ》みゆく沈丁花ひそと息整ふる

薄暗き社の森の藪椿くれなゐふかく階《きざはし》に落つ

七夕の夢見させしむ鵲は電柱の巣にカチカチと鳴く

子が立てし〈せみさんのおはか〉黄昏の茜に染まり子は涙ぐむ

正倉院宝物展を拝観す

天平の世の華やかなりし宝物の中に「糸島」の戸籍が在りぬ

筑前国嶋郡川辺里・現存する最古の戸籍

甦りし〈螺鈿紫檀の五弦琵琶〉院展にその音色を聴きつ

鬼灯

薄野の銀穂波靡く強風にわれもにはかに呑み込まれたり

仏の間に漂ふ余香に背筋伸ぶ夫の磨りたる朝《あした》の墨は

ドガの絵のドレスの色と思ひたり踊子草の花の淡紅

薄の穂撓む雀の身の量よ五羽遊びをり光る銀の穂

鬼灯《ほほづき》ふたつ厨の窓辺に赤らみて袋の中の果実皺みぬ

能古島

コスモスの八十万本に埋もるる能古島《のこのしま》の風胸郭に吸ふ

透明な朝の光に向きて立つ三万本の向日葵めぐる

マリーゴールドの丘より眺めし博多湾現を忘るる海の青さよ

ゆるやかに空刷くごとき合歓の花梢の葉先に夕陽かたむく

日照雨止み夕ぐれの空に架かる虹「初めて見た」と声上ぐる五歳

西空にかたむき初めて月読のあかあかと照り御名《みな》を称ふる

夏至の日の鈍き陽返す甍波日照雨《そばへ》の雨水ゆるく下りぬ

「お盆つて何」と五歳に聞かれゐて「亡くなつた人を思ひ出す日だよ」

右ひだり真夜のベッドに寝返りぬ寝そびれし今宵正信偈誦す

母の手術

静もれるダム湖見下ろす山桜咲きては散りぬ水面を染めて

公園に公孫樹さみどり揺らす風幼な子の髪も靡く鞦韆

阿弥陀様の絵を描きくれし四歳の〈ほとけちま〉とふ添へ書きのあり

わが母校はダム湖に沈む終焉を知る一本の桐の花咲く

義父の植ゑし深紅の椿大輪の遅速はあれど華やかに開く

陽炎の立つを見たるは去年のことけふの春日のやうな町中に

手術の間控へ室より見る木々の若葉青葉を母に見せたし

シャーレに納まりし嚢小さくて動悸しつつ見ぬ楕円の器

母の体の暗部より出でし物なりて隕石の燃えし粒とも思ゆ

残照の深くなりゆく夕景に白き月あがり秋をしづもる

乳癌検査終へ夕闇の街の灯の明るさに酔ふ心ゆるみて

「春の鳥な鳴きそ鳴きそ」読みやらむ膝のをさなよな泣きそ泣きそ

茸に座るアリスが迎へるアリス展「これがアリス?」とをさなは訝《いぶか》る

うさぎ・バラ・トランプのオブジェ置かれゐて小さきドアに子の夢膨る

金水引の枯れて丸まりし葉中より七星天道這ひ出できたり

霞む月見し幼な子は「お月さま疲れてるのかな」と言ふ十三夜

元寇の代は松原でありし地を歩き大いなる松毬拾ふ

梢先の空に旋回する鳶を捕へつ檸檬を数へをる眼に

二日月

二日月鋭くたてる黄昏に影絵のごとき街の灯明《あか》し

二羽の鴨並びて飛べり鳴くものは空の深さをおのづから知る

丈高きメタセコイアを空に仰ぐその明るさにしばし黙しぬ

漆喰の白壁の蔵ふるさとに居ませり青葉に染まりたるまま

白鷺は直立のまま川岸に誰よりも寂しきもののごとくに

静かなるわが里の庭石垣の蔭より変はらず水は湧くなり

あかときのとどろき止まぬ雷《いかづち》を目覚めゐて聞く体竦めて

瑠璃柳と答ふ

正月に帰省せし息子甥・姪におもちゃ買ひやりて「お兄ちゃん」と呼ばる

咲きつづく道清々し故郷へ誘ふあぢさゐの藍色ぞ濃き

もはや問ふこと語ることなき母の童の笑みを悲しまざらむ

予告なき打ち上げ花火は空を撃つポンポン聞こえ来コロナ禍の宵

人問へば瑠璃柳と答ふうす色の可憐な花を好むと人言ふ

血圧を計らるる母の手首細くわれを叩きしその手皺みぬ

秋が来てゐる

満開の桜に包まるるるバス停の待ち合ひの椅子に降りくる時間

河鹿鳴く黄昏時の西風に栗の花穂は矢のごとく飛ぶ

西塀を歩く鼬《いたち》のふはふはの金の尾をしばし息凝らし見つ

ひとすぢの蜘蛛の糸にも留まれる雨粒ひとつきらめきてあり

玻璃を滴る雫の行方見つめつつつ素麺啜る一人の昼餉

おづおづと女童露天に足浸し後に馴染みて踊るプリキュア

原鶴温泉

鶴が傷を癒ししとふ湯に子らと浸り晩夏の光纏ふゆたけさ

故郷の軒下に下がる蓑虫にかそかなる風秋が来てゐる

あらくさの中のゆかしき紫の藪蘭に差す秋の光は

わが丈より高く揺れゐる芋の葉の水玉一つ零れ落ちたり

年輪深き材木積まれしトラックは幾千年の時を曳きゆく

狐の婚

一月の雷《いかづち》は地を反すごと霰伴ひ蠟梅散らす

立ち出でて仰げばけふの朧月南の空に抱かれゐるなり

幼き日目覚めて蚊帳より出でて見き沈み橋渡る狐の婚の列

提灯持つ狐は肩衣花嫁は赤き花柄の着物であるく

真夜ひとり見し婚の列は幻か確かに見しと記憶を手繰る

面会の母は入浴後の顔色でとろりと蜜のごとく眠りゐる

ふと見する母の戸惑ひ浮かぶ眼は子のごとき眼　立ち去り難し

茅葺の屋根に草生え崩れゆく過疎の集落の春はうららか

桜吹雪追ひかける児のつば広の紺の帽子に載れるひとひら

満たされて眠るみどり児夢なかも乳欲る口に吸ふリズムあり

鳥となり夜の街を翔ぶ夢みればうすき疲れの腕《かひな》に残る

三途は美し

下草を払ひて拾ふ栗の実は湿る朽葉に艶やかにあり

祖父《おほちち》に威厳ありし日六人で囲みし卓袱台いま蔵の中

教職にありし父母厳めしく祖母《おほはは》を母のごとく慕ひき

犬蓼と数珠玉群るる川の洲に鶏頭一本緋を点じたり

茶道の師を見舞へば「三途は美し」と乾く口より言葉は出でぬ

美しき媼の唇紅あかく別れ告げたる今宵満月

喧騒の師走の街のきらめきの中を歩みつつ母を思へり

杵搗きの餅の雑煮を子らと食む餅を好みしおほはは偲ばゆ

夕ぐれの空のうつろふたまゆらの色深まりて天地《あめつち》しづか

『小公女』

ドア開き人に纏はり入る落葉欅通りに珈琲香る

家々はさみどりの中に包まれて集落は深き緑に抱かる

かつて早良《さわら》に主基斎田《すきさいでん》あり碑に遺る白米三石献上の栄

残照の空を仰ぎつつ食べることを全《また》く忘れたる母を思へり

湯上りにバスタオル纏ひ声を変へをさなは言へり「わたしは人魚」

わが前を歩く翁もくさめする春の粒子に鼻擽られ

認知症となりて手遊び多くなり手品師のごと手を動かす母

探しゐる言葉の前後のことば読む広辞苑引く時の楽しさ

鳥取のらつきよう購ひ揃へゐつ砂丘に咲く花美しからむ

玄界の烏賊を肴に辛口の清酒呑む夫は饒舌となる

バスを待つわが足元に絡みつつ桜落葉が吹かれてゆきぬ

前年に『小公女』読みさしなれば今《こん》正月に読む場面言ふ子

生まれたる児

点々と土石流の跡残りたる杷木《はき》の山々にふたたびの夏

胎内の児がしやつくりをしてるといふ娘の臨月のお腹を触る

まとひつく湿気を払ひアガパンサスすつくと立てり梅雨の晴れ間を

落としたる箸の片方探す時ふつと不安の過《よぎ》る今宵は

「お月さまおやすみなさい」子がいへば玻璃戸のカーテン引く手を止めぬ

この夏に生まれし赤児は大声で泣きて眠りぬ地蔵の顔で

口開けて顔で乳房を探しをりやうやく含み懸命に吸へり

生まれたる児と三歳になりし児は誕生日同じ姉と弟

金木犀四本が蟬の樹となれる頃途切れたる夢の混沌

刈り終へし麦畑を焼く農の人大地を肥やす炎うつくし

楠《くすのき》の梢をわたれりをさなごは地表の影を小鳥のやうに

思ひがけぬ事に左脳は麻痺したり空へ伸びゆくクレーン光る

羊歯の純林

ピュアベール、フリルアイスは瑞々し菓子の名のごとき緑を求む

木洩れ日の日差し耀ふ欅通りバスの座席に梢がそよぐ

われの名を母は忘れて終ひたりその声でもう呼ばるることなく

赤き萼枝々に残し沙羅の木の花の時間を終へたる孤独

月見草の群るる花壇にどくだみの花は冷たき匂ひを湛ふ

吹く風に薔薇の香りは身を巡り揚羽の番ひかたはらを過ぐ

蠟梅の枝に四匹の蝸牛大・小・小・小距離置きすすむ

梁太き生家に置かれゐるピアノ無音のままに春がまたゆく

六歳のわれにかけたる亡父《ちち》の夢ごめんねＤＩＡＰＡＳＯＮピアノ

街路樹の木下に菖蒲の濃紫黄砂に霞む街を潤す

胞子もてジュラ紀の羊歯の純林の緑は萌ゆる庭の一隅

冬日

外皮裂けガーネットの粒のぞかせて澄みたる空に秋が耀ふ

訪ひくれし友とめじろの声聞けり陽のはや翳る秋昼下がり

何の木に接ぎ木されたる檸檬ならむ黄の丸き実が枝に揺れをり

たそがれの電飾灯る街中にはや闇とならむ故郷おもふ

日々《にちにち》にわが往き来せるその道は〃太閤道〃なり旧き道なり

冬日差し白き障子に映りをり薔薇の枝葉の影揺らす鳥

訪ひし時寄り縋りたる母は今日パジャマ上下を無心に畳む

四万十の水に育ちし芹といふ瑞々しきを入れて七草

漂へるごとき椿に立ち止まるきさらぎ白き一重の花に

外気温二度なる今日を孕みたる猫ののそりとその身を運ぶ

無花果

糸ほどの末《うれ》に花結ふ瑠璃柳朝《あした》の風に小花こぼせり

無花果の黄葉色を深くしてひとつひとつの落葉のかたち

公園に子らの吹きたるしやぼん玉桜花の空にまじはりにけり

やはらかく巻きたる若葉をほどきつつ沈丁花低く緑を纏ふ

空家ありて集落を成さぬ産土の荒廃農地に咲ける菜の花

梢《うれ》たかく無花果の実は熟れゆけり夏の朝《あした》の供物《くもつ》のごとく

祖母《おほはは》とともにとなへしお念仏けふ三歳ととなふるよろこび

アンパンマン

赤銅のやうなる色を掲げつつ枯れあぢさゐは雨に濡るるも

俯きて晦日の冬日受けてゐる蠟梅の香の寒の気に染む

制服の少女立ちゐる朝の橋スマホ取り出しバードウオッチング

この三月廃校となりしわが母校なほ鳴り続く正午のチャイム

公園の南京櫨の根に触れぬをさなとトンネル作る砂場に

型抜きに砂を盛り固め子が作るアンパンマンの顔はさまざま

着る習ひなきに仕付けのつきしまま着物、帯、羽織簞笥に眠る

葉月九日

認知症病む母の老い深まるも抗ふ力われより強く

母訪へば幼子のごと寄り縋り時にけはしき表情見せる

はつ夏の陽を返す白き教会を眩しく仰ぐ階《きざはし》の前

岬の突端に立つマリア像天草の海を見守りてをり

店頭の〝閉店セール〟の文字褪せて〝洋服のニシダ〟今日も商ふ

春蘭の鉢に住み処を定めたる花韮一輪薄色に咲く

みんなみに月出でて蛍待ちゐたり河鹿のこゑの聞こゆる夕べ

微粒子が飛びて光を鈍くする横断歩道に昼のさざめき

若き日に編みし靴下出で来たり紺の毛糸の左右不揃ひ

天地《あめつち》にはや出で来たる法師蟬葉月九日声のばし鳴く

これやこの逢坂の名の信号を渡り一葉投函したり

通り雨上がる間際を薄日差し鱗粉濡れて揚羽蝶とぶ

春の海の香

梔子の実は橙に熟れて立ち雪積る日の明るさに遇ふ

冠雪を尾根に置きたる耳納山《みなふさん》機上より見ぬあふとつの嶺

和歌山城庭園の牡丹眺めゐて鳥鳴く白亜の天守を仰ぐ

濠に架かる御橋廊下を歩きたりかつて藩主の渡りゐし橋

白蓮に打ち身のごとき染み生《あ》れて日毎ほどけつ黄砂のなかに

吹く風に遊ばれ触手のごと動く雪柳の梢花零しつつ

自らを差し出すごとく出できたりびな貝楊枝を刺して回せば

羽撃きて五階のビルに降り立てる白鷺風に蓑毛を揺らす

真緑のさうめん海苔を啜りをり春の海の香のどを滑りぬ

つゆくさの一輪

庭隅に薄茶の毛束見つけたり愛犬サラの死して九年後

「芋粥」の説話に足るを知ることを教はりてゐし若き日の書に

木の陰の割れたる鉢につゆくさの一輪咲けり白露の朝

角の店は代はりて八百屋で落ち着きぬわが故郷の富有柿並ぶ

をさな子の吹く七色のしやぼん玉やさしき風にしばしたゆたふ

和上の和顔愛語に引き込まれふかぶかと聴く慶讃《きやうさん》法要

銀杏の黄葉は色を深くして木はやせゆけり葉を落とすたび

文化財保存とふ修復始まるも故郷の土蔵誰も住まぬに

曾孫に至る母系をたどりをり九十の母に写真示して

門徒総代を務めし祖父に手を引かれ寺参りせし楽しき日々あり

その祖父は警察官なり若き日は正義感強く頑固一徹

香を焚く

念仏の一道望みて歩みをり大悲のなかに在るを謝しつつ

歌集読む至福の時を抱き寄せて雨の兆せる日暮れとなりぬ

慶讃《きやうさん》を終へて法衣を畳みゐし僧侶の所作の美しかりき

如月のやはき日差しに鶫の憩ふ木下に双葉の芽吹く

年輪の未だ鮮やかなる切株の樹は何ならむ空地の隅に

河口より遡る波とぶつかりて川面の大鋸屑《おがくづ》楕円を描く

橋一つ渡れば町名変はりたり川に展《ひら》けし博多町筋

香を焚き香の煙を追ひたるも儚きものの末は摑めず

朝露を受けて桔梗の藍深む長月尽日蟬声とほく

ふるさとの川

海風の育てし檸檬の届きたり霜夜に冷えたる一顆を搾る

暮れ初むる稜線は濃き色なして残照あはく地表を包む

真澄みたる空を映してゆるやかに流れゆくなりふるさとの川

機上より見る筑後川たつぷりと大蛇のごとく平野を下る

みんなみに向かひて朝毎眺めたる油山けさの紺深き嶺

天守閣ライトアップに浮き出づるを紀州城下に仰ぐ三月

実生なる八つ手あをあを颱風の過ぎてあくたを掌に載す

蝶　道

山裾に白き靄深く立ち籠めてクローバーの緑道端に群る

吸はれゆくごとく若葉の木々抜けて三井の晩鐘に出逢ひてをりぬ

大津絵の店に伝統画見巡りて鬼の絵の謂れじつと聞きたり

弁慶の引き摺り鐘とふ伝説のその時の傷といふを見てゐつ

水道水夜さりとなりてなほ温し清き水湧く産土を恋ふ

揚羽には同じコース飛ぶ蝶道とふ道ありと知りて親しみを覚ゆ

大濠の空を占めたる大花火を施設屋上に賑やかに見き

大輪の菊の花火に声あげし母は夜景に見惚れて居りぬ

日盛りに鴉は日陰の土突《つつ》き凌ぎてゐしかやがて飛び立つ

帰宅すれば鏝の焼けたる匂ひせる和裁教室の祖母は師範なりき

晩年にリウマチ患ひし祖母はわれの夫の白衣も縫へぬと嘆きつ

ひなまつり

シャーベット状の夜の道ピシャピシャと車ゆく音まぢかに聞こゆ

ふくふくと頬膨らませ乳を吸ふ児の小さき手は乳房確かむ

一人寝も添ひ寝も否か乳飲み児は肌温かき腕《かひな》に眠る

納棺の和服纏ひたる伯母の顔紅を施され美しかりき

わがうから一人づつ欠けてゆくことの寂しさ思ふ通夜の夕べに

雛並ぶ赤き毛氈鮮やかに児はぼんぼりの灯に照らされき

抱かれし児は華やかなる〈さげもん〉のくれなゐの毬摑まむとす

三寸の胸に憂ひを忍ばせてわが来し方を自問すたびたび

春の陽はシャワーのごとく注ぎたり高き峰より霞透かして

雪柳念珠のごとき水滴を連ねて雨にうなだれてゐつ

春の雨に濡れゐるもののやさしかり木々を飛び交ふ鳥の羽色も

秋明菊

風雨去り清しき庭に鉦たたき命の鉦をたたきはじめき

のびやかに秋明菊の白冴えて空気の層は厚くなりゆく

耳納山《みなふさん》茜の空にしづもりぬ刈田広々と煙たなびく

沈黙の箴言胸に拝すべし年重ねつつ学びてをりぬ

花芯より爆ぜたるごとく花弁太き黄菊が香る床の間に秋

白無垢に輪袈裟掛けし吾子初々し二人並びて白洲を歩む

花嫁の母となりたる喜びを仏前に座し祖母・義母《はは》に告ぐる

仏弟子の声

浄土より吹き来る風か清しきに仏弟子の声と聴きて励まむ

ビル街の夕日を返す硝子箱歩道に注ぐそのかけらたち

別室で看取りの書類に署名せり伯母の苦しき息のさなかに

鮮やかに花穂を垂らす土佐水木春の雨受けみづみづとして

蒲公英《たんぽぽ》の綿毛かすかに風に揺れけさ球形はひそやかに崩る

比叡山の門前町に美しき穴太《あのう》石工の石積みを見つ

夜半に鳴く熊蟬の声激しかり息つぎのなきものはかなしき

橙のカンナに苦き記憶あり病に臥したる幼き日の色

朝なさな称名となへし祖母の背恋《せな》ほしみにつつ三十四年経ぬ

拝殿に供養されたる雛々の面輪うるはし淡嶋神社

和歌山加太

雛人形淡嶋神社に居並びて窮屈さうに海風を受く

十五の春日

石臼に搗かれたる餅かがやきぬ木の間より射す朝日をうけて

小春日の空掻き回しヘリコプターがホバリングせり福岡マラソン

渡り鳥も蝶も旅するこの空は遠きシリアの空に続けり

余剰なきも為すべきは潔くあれと明治に生《あ》れし祖父母の遺訓

これからを幾年守り得るならむ百三十年とふ重き生家よ

ニックネーム君に付けられしそのひと日心踊りぬ十五の春日《はるひ》

逸早く春の土より芽吹きたる石蕗の葉は花壇を占めぬ

伯母の四肢徐々に曲がりて母胎より生《あ》れたる時の姿となりぬ

瑠璃柳花こぼしたる文月の十五夜仰ぎぬ蟬の声遠く

秋霖に問ふ

伯母の身の永らへば辛き選択を木犀散らす秋霖に問ふ

大晦日母の湯浴みを支へたりこの胎内にはぐくまれしか

教はりし中学の師の投稿歌けふ新聞に読みて病知る

空仰ぎ深き息吐く辛夷《こぶし》花冬を解かるる風を拾ひて

桜花散らした雨の大地にはああこんなにもいのちが芽吹く

西塀に沿ひて植ゑたる白鉄線西方浄土を向きて開きぬ

くつきりと山群青に見ゆる日のベランダ布団も干され賑はふ

シナモンの香りを嗅げば遠つ日の夏の記憶のなかの肉桂樹

天地の豊けき秋に抱かれて深呼吸せりいのちあるもの

いのちいただく

還暦を前に来し方自問せりごつごつ肌の柚子と湯に入る

草引きて深き眠りの蟬の子を起こしてもどす土中ふかくに

山肌の起伏に添ひて若葉萌ゆみどりの帯を掛けたるかたち

心待ちせし木犀の散り敷きてけふのひと日は掃かずにおかむ

生くる身に六十路も近し若草のいのちいただく今朝の七草

砂利を敷く庭いちめんに青紫蘇の芽生えて初夏の夕べとなりぬ

瑠璃色の皿にトマトの赤を盛りアスパラ添へて雨の昼餉を

けふ一日いくつもの命いただきてわが身生かされ燈《あかり》をともす

かすみの空へ

なにとなく身めぐりの風やはらかく娘の微笑みに春の気配す

産毛ある傘のやうなる緑葉の春の苦味を友へ届けむ

今しがた夫の使ひし墨の香の漂ふ部屋に心鎮めぬ

御影堂の甍の波のなだらかに氷雨の中に浮き出でて建つ

祖母は五歳のわれを背負ひて一里駆けペニシリン在りていま生かされき

積雪の屋根より垂るる雨垂れもリズムを持てりショパンの音色

老いてなほ経管栄養に生かされし伯母笑みていま童となりぬ

重なりし峰々の色異なりて山桜舞ふかすみの空へ

この機縁逸さじと説く布教使の法話は心に染みて晴れゆく

差し引きてゼロにならずもよしとおもふ薫風に木々緑深くせり

冒頭を暗唱したる若き日はただ夢のごと読みし『方丈記』

里芋の倒れし茎の葉に溜まる雨水の中の小さき世界

卯月は愛し

遺伝子を受けつぎ今のわれあらむ寄れば荒立ち疎めばわびし

娘の声の曇れる時は案じをり吾子の生まれし卯月は愛し

尽くさざる言葉の裡を解されず若さといふは時に悲しき

目に見えし光ばかりを追ひ求め見えぬ光に気づかぬ愚かさ

「はすいも」の酢物を夕餉に添へし時おふくろの味と夫は笑みたり

唐門にうつすら積る雪がきれいと朝いちの写メ送り来し娘

華やかな桜をよそに咲く花の景に溶けこむ色をもつなり

清明に静かに往きし慈厳たる師は吉野山の落人なりき

あらはせぬ言葉も胸に留めおきて硝子をつたふ雨ながめをり

彼岸会を父の代役果たす娘にうなづきてをり激励のごと

義母《はは》逝きて教はることのあまたあり善きも悪しきもおぼろ月夜なり

たちこめる香のただ中にほほ笑みて仏華を活けし祖母甦る

川岸に数珠玉藍く群生しSの字形に流れは蛇行す

解説にかえて

喜多弘樹

素心と滋味と

人にはさまざまな人生があるように、歌という小詩型にもおのずからなる命のかたちが透いて見えることがある。それは、必ずしも華やかなものではなく、慎み深く、滋味で、いつも静かに身辺の風物や景色、空や風や花々や鳥をじっと眺めている。そして、すべての物象を愛で、こころを通わせながら歌を詠む。見せかけや自惚れや人の目を惹きつけようとするまやかしの意匠なども持ち合わせてはいない。しかし、なぜかこころにじんわりと沁みてくるものがある。その人の生のかたちがくっきりと浮き上がってくる。

湧き出づる霧はとけ合ひ山肌を峰に向かひて這ひのぼりゆく

こんな一首がある。眺めたままの風景をそのまま丁寧に写し取った歌だろうか、ふと立ち止まってしまう。霧が湧く。その霧が山裾のあたりで緑の樹木や黒々とした岩肌と触れ合い、溶け合うようにして山肌を峰の方に向かって這い上っていく。これは単なる写生の歌ではない。こころの底から掬い取った風景の、その命の漲る姿を物静かに、しかし鋭く凝視しているのだ。作者が意識してこしらえた作ではなく、もっと言ってしまえば慈悲に満ちたこころそのものの真なのである。

高田マヤさんの歌はそんな雰囲気をつねに湛えている。さりげなく、そして深く、時として憂愁の眼差しをもって、ゆるやかに迫ってくる清廉な世界がある。

うす色に染まる天地に合歓開きこの静けさを涅槃と言はむ

「涅槃」という重たい言葉も、さほど気負ったものではなく、日々の暮しの中で熟成してきた求道の姿ととらえるべきだろう。というのも、高田さんは浄土真宗本願寺派（西本願寺）の在家僧侶でもある。「門徒総代を務めし祖父に手を引かれ寺参りせし楽しき日々あり」、そういう少女期を過ごしたことも影響しているかも知れない。慈悲という言葉があるが、御仏の大いなる呼びかけに合掌し、親鸞聖人が作られた「正信偈」を朝な夕なに称えておられる。偈とは詩であり歌でもある。日常の中にこその偈を根付かせるためには、まずこころが純粋でなければならない。すべてを他力におまかせするということである。

わがうたふ暮らしの中の正信偈慈雨のごとくに身にしむものを
砂利の上《へ》に落ちたる沙羅の美しく咲き散る度の花の巡礼
右ひだり真夜のベッドに寝返りぬ寝そびれし今宵正信偈誦す
浄土より吹き来る風か清しきに仏弟子の声と聴きて励まむ
けふ一日いくつもの命いただきてわが身生かされ燈《あかり》をともす

清浄なこころにはありのままの自分のかたちが見えてくる。「帰命無量寿如来　南無不可思議光」と称える。称えるように歌を詠む。そういう稀有なる世界が髙田さんの持ち味なのである。

身を乗り出す燕の雛を見上げつつ始祖鳥の化石ふと過《よぎ》りたり
あぢさゐの歌二首のみの万葉集さびしかりけむ紫陽花満てり
花冷えの夕べの紅茶に蜂蜜とブランデー垂らし星を仰ぎぬ
呼び掛けにも目を瞑りたまふ母なれば記憶の中のわれは淡雪

華やかな世界ではない。地味にして底光りする世界と向き合い、歌という「偈」を称える敬虔な念仏者として生きる。強い意志、しなやかな感性、豊かな想像力。どこまでもやわらかな作歌世界だ。

持ち帰りし燠で餅焼き食ふ習ひ里は滅びし静けさならむ

元寇の代は松原でありし地を歩き大いなる松毬拾ふ

白鷺は直立のまま川岸に誰よりも寂しきもののごとくに

静かなるわが里の庭石垣の蔭より変はらず水は湧くなり

人問へば瑠璃柳と答ふうす色の可憐な花を好むと人言ふ

満開の桜に包まるるバス停の待ち合ひの椅子に降りくる時間

立ち出でて仰げばけふの朧月南の空に抱かれゐるなり

あれこれと解説めいたことを書くつもりはない。静かでさびしいが、花々を詠む色彩感覚の豊かさにしばしの安堵を覚える。それも慈悲なのかも知れない。おおらかであり、伸びやかであり、そしていくばくかの苦みも伴っている。味読するにふさわしい作品が朝露を含んだ念珠のように連なっていく。「歌集読む至福の時を抱き寄せて雨の兆せる日暮れとなりぬ」、こんなに夢中になることができる歌集とは、至福の時を髙田さんに与えるものとは、などと詮索することもない。歌が好きなのだ。真摯に歌と向き合い、苦しみ、かなしみ、やがてその先に至福の時間が訪れてくるならば、何も言うまい。

幼き日目覚めて蚊帳より出でて見き沈み橋渡る狐の婚の列
ドア開き人に纏はり入る落葉欅通りに珈琲香る
冬日差し白き障子に映りをり薔薇の枝葉の影揺らす鳥
空家ありて集落を成さぬ産土の荒廃農地に咲ける菜の花
みんなみに月出でて蛍待ちゐたり河鹿のこゑの聞こゆる夕べ
これやこの逢坂の名の信号を渡り一葉投函したり
梔子の実は橙に熟れて立ち雪積る日の明るさに遇ふ
香を焚き香の煙を追ひたるも儚きものの末は摑めず
雪柳念珠のごとき水滴を連ねて雨にうなだれてゐつ
のびやかに秋明菊の白冴えて空気の層は厚くなりゆく

石臼に搗かれたる餅かがやきぬ木の間より射す朝日をうけて
伯母の四肢徐々に曲がりて母胎より生《あ》れたる時の姿となりぬ
重なりし峰々の色異なりて山桜舞ふかすみの空へ

こういう上質な抒情をさらにその高みへと持っていって欲しいと願うのみ。このあさはかな偽物がはびこる時代なればこそ、飾り気のない物静かな声調をおろそかにはできない。

実は、そうした素朴なかたちにこそ、歌本来のもつ強靭な詩魂が宿っているのだ。素心というもののみずみずしさである。

二〇二三年　睦月

あとがき

『清浄歓喜《しやうじやうくわんぎ》』は私の第一歌集です。二〇〇七年より二〇二二年までの「ヤママユ」「大乗」に発表した作品三百六十一首を概ね逆編年体で収録しました。

歌集名『清浄歓喜』は親鸞聖人がお書きになられた『正信念仏偈』の中の「清浄歓喜智慧光」の一節から採りました。「清浄」「歓喜」は「清浄光」「歓喜光」という光の名です。み仏が放っている十二光の内の二つで、その光明に私は照らされている。照らされていながら気づかないことへの自戒も込めて歌集名としました。

昨年、喜多弘樹先生より「歌集をまとめられませんか」と、お言葉を頂きました。年を越せば古希を迎えることを思い急ぎまとめました。拙い歌が手元から離れていく恥ずかしさを思いましたが、「一生に一巻は成す覚悟で作歌して下さい」と以前に賜ったご助言に背中を押され決心致しました。出版にあたり先生には丁寧に歌稿を見て頂き、身にあまる解説文をお寄せ頂き心より感謝申し上げます。また、私がやめずに今日まで続けられたのは、「ヤママユの会」「ヤママユ大阪歌会」「大乗」の歌友の皆様のお陰です。ありがとうございました。「ヤママユ」の先輩、歌友の皆様にいただいた助言や励ましに感謝いたします。短い間でしたが朝日カルチャーセンター福岡でお世話になりましたコスモス選者藤野早苗様、歌友の皆様ありがとうございました。

先師前登志夫が存命中書かれた「一首の歌を詠むのは一体のみ仏を彫るようなものです」という一文が私の心の指標となりました。これを機に初心にかえり師の言葉をかみしめたいと思います。

出版を引き受けて下さいました本阿弥書店の奥田洋子様には細やかなご配慮を頂き感謝申し上げます。また装幀の労を取って下さった花山周子様に厚くお礼申し上げます。

私を支えてくれた夫と病床の母に、感謝したいと思います。

二〇二三年　二月二十七日

髙田　マヤ

著者略歴

高田　マヤ（たかた　まや）

1953年１月１日　福岡県うきは市生れ
2015年　ヤママユ入会

ヤママユ叢書第一五九篇

歌集　清浄歓喜《しやうじやうくわんぎ》

二〇二三年五月三十日　初版発行

著　者　高田　マヤ
〒八一四—〇一六一
福岡市早良区飯倉二—二八—一四

発行者　奥田　洋子

発行所　本阿弥《ほんあみ》書店
東京都千代田区神田猿楽町二—一—八
三恵ビル　〒一〇一—〇〇六四
電話　〇三（三二九四）七〇六八

印刷・製本　三和印刷（株）

定　価　二九七〇円（本体二七〇〇円）⑩

ISBN978-4-7768-1641-6 C0092(3357)